KB180877

한국 희곡 명작선 05

하나코

한국 희곡 명작선 05

하나코

김민정

평민사

기민 정

하
나
코

등장인물

〈현재의 인물〉
한분이 할머니
렌 할머니
서인경 : 역사학자, 여성학 교수
홍창현 : 피디
박재삼 : 약재상
김아름 : 통역 자원봉사자
메이린 : 렌 할머니의 손녀
사사키 : 오즈야마의 아들

〈과거의 인물〉
꽃분 : 조선인 위안부
금아 : 조선인 위안부
다카하시 : 독코타이(특공대) 군인 장교
오즈야마 : 독코타이(특공대) 군의관
오 또 상 : 위안부들을 관리하는 일본인 포주.

때

2016년 여름

무대

무대는 여러 시간과 공간을 표현할 수 있는 가변적인 것이 되어야 한다. 과거의 무대이면서 동시에 현재의 무대이기도 하며 과거의 공간과 현재의 공간이 교차되곤 한다. 무대는 기본적으로 방이며 곧 세계이다.

프롤로그

희미하게 밝아오는 빛 속에 한분이가 몸을 오므린 채 누워있다. 들릴 듯 말 듯한 일본풍의 음악소리에 파르르 몸을 떠는 한분이. 무대 어둑해지며 음악은 줄어들고 소녀들의 웃음소리가 들리고 이어 낯설고 이질적인 남자 목소리가 들려온다. 오또상이다.

오또상   (소리) 기미코, 하루코, 아키코, 스미코, 에이코, 도시코, 마리코, 히로코, 요시에, 하나코, 하나코, 하나코…

한분이   (오또상이 사라져 가면) 누구야?
          저이들이… 저이들이 누구야?
서인경   할머니!
한분이   저기 저… 저이들… 저기 저… 저…
서인경   할머니! 할머니 괜찮으세요?

뭔가를 확인하려는 듯 주변을 둘러보는 한분이.

부두가의 뱃고동 소리 들린다. 낯설어하는 한분이, 뱃고동 소리가 비행기 이착륙 소리로 바뀐다.

1

프놈펜 공항근처의 호텔 방.

한분이는 침대에, 서인경과 홍창현은 소파에 앉아있다.

홍창현, 손에 카메라를 들고 있으나 선뜻 올려 찍지 못한다.

한분이 (비행기 소리에 몸을 일으켜 주위를 둘러보다가 무심하게 머
       리를 쓸어 올리며 무안해 한다) 내가 잤어?

서인경 네. 아직 호텔이에요. 프놈펜 공항 근처. 여기서 좀 더
       쉬신 다음 시내로 들어 갈 거예요. 아직 어지러우세요?
       많이 힘드시죠?

한분이 뭐어… 얘기를 하기로 했으면 하는 거고 오기로 했으면
       와야지. 그렇게 하기로 했으니… 어서 가.

비행기 이륙하는 소리에 움찔하는 한분이.

한분이 뱃고동 소린가?

서인경 비행기소리에요. 우리 비행기타고 왔잖아요.

한분이 … 그땐 배에 실려 왔어.

홍창현 배요?

한분이 (버럭) 그땐 그랬다고. 그때는. 배는 처음이었어. 군인들
       이 막 칼을 휘둘러대는데도… 시퍼런 바닷물이 무서워

도망도 못 쳤어.

홍창현   그러니까 캄보디아에 끌려오실 적 얘기를 하시는 건가
요?

한분이   … 뭔지 잘 모르겠어.

홍창현   할머니… 배를 타신 게 언제에요?… 언제 배를 타셨다
는 거지요? 프놈펜에 올 때?… 일본군에 끌려가실 때?
언제에요? 할머니?

한분이   …

서인경   홍피디님, 기억이라는 게 막 밀어붙여서 나오는 게 아
니잖아요.

홍창현   비행기 소리에 배를 연상하신다는 게 묘해서요. (설득하
며) 할머니. 한분이 할머니.

한분이   나 귀 안 먹었어!

홍창현   남자를 싫어하시나?

서인경   그냥 남자가 아니라, 홍피디가 맘에 안 드시나 본데요?

홍창현   뭐 그러실 수 있죠. (서인경에게) 근데, 일정이 꽤 빡빡한
데 고령에 무리 아닌가요. 아무리 강단 있는 분이래도.

서인경   동생을 찾으려는 의지가 대단하세요. 평생을 숨어 지내
시다가 위안부 등록도 동생 찾으려고 하신 거니까. 할
머닌 가족이 아무도 없어요. 생애 마지막 소원이 금아
를 만나는 거래요. 그렇죠, 할머니?

한분이   살날이 얼마 안 남았잖아.

홍창현   에이, 아직 정정하신데요 뭘. 동생분이… (서인경에게)
동생분에 대한 기억 좀 얘기해 달라고 해주세요.

서인경　할머니. 금아 어땠어요? 할머니 동생분이요, 금아.

한분이　우리 동생… 보고 싶어… 못 본 지 한참… 한참 됐어.

홍창현　언제 헤어지신 거죠?

한분이　…

서인경　언제 헤어지셨는지 기억나세요? 금아랑.

한분이　… 몰라. 그거 알면 내가 찾지. 누가 박사님보고 찾아달라나?… 우리 동생… 나보다 두 살 아래에요… 그땐 없이 살아서… 모두 배가 고팠어… 그래도 아주 고왔지… 얼굴이 동그랗고, 통통하고… 우리 금아 찾으러 온 거 맞지?

서인경　네. 금아 만나러 왔어요.

사이.

홍창현　(서인경에게) 확신하시는 겁니까?

서인경　네?

홍창현　렌 할머니 이름은 한금이잖아요, 지금 할머니가 찾고 계신 동생 분 이름은 한금아. 비슷하지만 똑같지는 않습니다.

서인경　만나 보시면 알겠죠.

홍창현　헤어진 지가 70년이 넘었는데… 알아보신다고요?

서인경　직접 만나보면 신체적인 특징이나, 서로의 느낌, 반응 그리고 정서 상태 등으로 알 수 있죠. (제 손을 들여다보며) 저 같은 경우엔 손을 유심히 보게 되는데, 아무리 살

아온 세월이 달라도 신기하게 손은 비슷하더라구요! 안 그래요? 전 언니랑 정말 손이 똑같거든요.

홍창현 전 외동이라…

서인경 어쩐지…

서인경, 한분이 손을 들여다본다.
비행기 소리에 움찔하는 한분이.

한분이 어서 가자. 어서 가! 나가자니까!

서인경 조금 더 쉬다 가셔야 해요. 약도 드시고.

한분이 가자니까!

초인종 소리.
문 열어준다.

서인경 왔어요? 수고했네!

김아름 네, 여기 영수증이요.

서인경 할머니, 오늘 수고해줄 우리 통역이에요.

김아름 (발랄하게) 쭙립 쑤어! 안녕하세요! 저 아름이에요, 김아름. 잘 부탁드립니다, 할머니. (홍창현에게도) 처음 뵙겠습니다.

서인경 홍창현 PD님.

홍창현 반가워요.

김아름 (홍창현의 카메라를 보며) 찍는 거예요?

홍창현 자연스럽게 하시면 돼요.

김아름 자연스럽게? (카메라를 보며 재치 있는 동작을 한다)

서인경 선교사인 아버지를 따라 와 프놈펜에서 쭉 큰 친구라 통역엔 적역이에요.

김아름 맞습니다, 할머니. 여기요. (한분이에게 들고 온 봉지에서 드링크를 따서 건네며) 드시면 머리도 개운해지실 거예요. 알약이랑 같이 드시면 돼요. 한국의 박카스랑 똑같아요.

한분이 (약도 마다하고) 됐고, 금아 만나러 어서 가자! 금아!

서인경 예. 할머니. 저희 체크할 것 좀 하구요. (김아름에게) 택시 불러놓은 거죠?

김아름 예, 도착하면 전화준댔어요. 경동약재상으로 이동하는 거 맞죠? 인터뷰는 상황에 따라서 오늘 저녁 그리고 내일로 약속해 뒀습니다.

서인경 좋아. 그럼 그쪽으로 렌 할머니 오시는 거고.

김아름 네.

홍창현 불교국가에 선교사라니, 아버지가 몹시 용감하신 분이네.

김아름 신의 뜻대로!

홍창현 인샬라!

김아름 네?

홍창현 이슬람어로 '인샬라' 에요. '신의 뜻대로' 가.

서인경 이슬람어가 아니라 아랍어라고 하죠.

홍창현 뭐 어쨌든 이슬람과 기독교의 뿌리는 하나니까.

김아름　오! 지저스!

홍창현　(카메라를 만지작거리며) 할머니, 옛날 프놈펜은 어땠어
요? 지금하고는 많이 달랐죠?

김아름　그걸 말이라고 하세요?

서인경　캄보디아도 많은 시련을 겪은 나라잖아요. 내전, 독
재… 대량학살까지. 그때와는 당연히 다르겠죠.

홍창현　70년 만에 찾은 이 도시에 대한 할머니 첫인상이 어떠
신지… (카메라를 붙잡고 서인경에게) 이거 오프닝으로 쓸
거니까 좀 부탁드릴게요.

서인경　(부드럽게) 할머니, 여기 오니까 어떠세요? 배 말고 옛날
생각나는 거 더 있으세요?

한분이　… 우리는… 다른 이름으로 불렸어요. 내 이름 같은 건
묻지도 않아.

홍창현　(할머니에게 카메라를 들이대며) 할머니는 뭐라고 불리셨
는데요?

한분이　(노여움에) 그건 알아 뭐하게? 그걸 니가 알아 뭐하게?
어디서 저 따위 걸 차고.

　　　　　화가 나서 구석에 가앉는 한분이. 카메라를 내리는 홍창현.

홍창현　아니 이게 뭐 어때서요?

서인경　스타일이 좀 일본군 같잖아요.

홍창현　아! 그래요? (얼른 허리에 찬 가방을 보며)

김아름　아뇨, 잘 어울리는데…

홍창현   그렇지! 할머닌 나만 미워하셔. 대체 왜 저러시는 거죠?

서인경   할머닌 그 시절 이름 묻는 거 유독 싫어하세요⋯ 일본 군들이 자기들 맘대로 일본 이름을 지어 불렀으니까요. 꽃 이름, 나무 이름, 혹은 그저 숫자나 방 번호로 불리기도 했죠.

홍창현   그래서 할머니는 뭐라고 불리셨는데요?

서인경   할머니 어릴 때 이름이 꽃분이었다고는 들었는데⋯

홍창현   그럼⋯ 하루코? 하나코? 비슷한 이름으로 불리셨겠네요.

서인경   그렇겠죠, 코로 끝나는 이름이 많았으니까요.

홍창현   순자는 쥰꼬, 하루꼬는 춘자, 아끼꼬는 명자, 기미꼬, 에이꼬, 미츠꼬.

서인경   할머니, 택시 오는 대로 바로 출발할게요. 좀 쉬고 계세요.

홍창현   아름씨는 아얏꼬! (혹은 아르꼬)

김아름   아이고 우야꼬!

서인경   아름씨?

김아름   (서인경을 따라 나가며) 할머니 이따 봐요!

이름을 나열하며 아름과 농담을 주고받는 홍창현.

혼자만의 생각에 빠져드는 한분이.

위안부들의 이름을 호명하는 소리가 들려온다.

오또상　(다정하게 친척 아저씨처럼) 기미코, 에이코, 미츠코

혼란스레 주위를 돌아보는 한분이.

한분이　… 오또상. 저를 그렇게 부르라고 했어. 오또상.

일본군복을 하의에 입고 상의는 아무것이나 걸친 관리인 오또상이 보인다. 게슴츠레한 눈으로 비열하게 웃으며 곤봉 하나로 문들을 두드리며 걸어간다. 무대가 위안소로 바뀌어간다.

오또상　하루코, 아키코, 도시코, 서둘러라 아기들아. 히데코, 하나코, 요시에, 유리, 히로코, 유키코!… 느려 터져서는 안 돼! 군인들이 온다니까. 준비해!! 군진 다찌가 키테루. 준비시로!! 하나코! 하나코!

위안소 내 빨래하는 수돗가.
삿쿠를 빨고 있는 두 소녀들의 모습이 보인다.

금아　언니!… 군인들이 내일 떠난대. 오늘 밤 또 난리를 칠거야!
꽃분　떠나든 말든. 차라리 여기에 폭탄이라도 터졌으면…

금아가 붉은 무명 치마를 입은 자신의 옷매무새를 보며 낯설

어 하고 있다.

금아　언니, 오늘 밤 그 사람이 오기로 했어! 옷을 줬어. 홍치마야. 이걸 입고 기다리라고. 이 홍치마를 입으면 절대로 죽지 않는대. (소리를 낮춰) 언니. 전쟁이 곧 끝날 거래.

한분이　그 따위 말 믿지 말라니까!

금아　… 아니 난 믿을래… (꿈을 꾸듯) 그 사람은 군의관이야! 의사… (몽환적으로) 날 무척 아껴 줘. 그 사람이 여기서 날 빼내줄 거야.

꽃분　아껴준다고? 이 따위 시궁창에 그딴 게 있어? 여긴 살아서는 빠져나가지 못할 수렁이야.

금아　여기서 나갈 수만 있다면… 그 사람이 이 지옥에서 날 건져주기만 하면 난 뭐든지 할 거야. 그 사람 신발을 핥으라면 핥고… 밤새도록 잠을 안 재워도… 나를 죽도록 두들겨 패도 좋아… 여기서 날… 꺼내주기만 한다면…

꽃분　(불현듯 화가 나서) 넌 속고 있어!

금아　(듣지 않으려고 발작적으로) 그러지 마. 그런 말 하지 마. 하지 마 제발! 그 사람은 날 구해줄 거야. 꼭… 그럴 거야. 언니도 부탁해 볼 거야. 우리 둘 다 꺼내 달라고.

꽃분　주제를 알아야지. 우린 걸레야. 이 삿쿠나 너나 똥통에 버려지는 밑씻개라고.

금아　(몸서리친다)

꽃분　(헛웃음) 죽어야 끝나지. 달라지는 건 없어.

한분이 죽어야 끝나지… 속았어… 다… 망쳐버렸어…

꽃분 나락인데… 결국 이 나락에 빠져 버렸는데… (헛구역질) 여기선… 더 이상 숨 쉬는 것도 못 견디겠어.

금아 언니!

군화 발소리 들린다.

오또상 하야끄! 하야끄! 하나코! 요시에! 군진 다찌가 키떼루. 준비시로! [군인들이 온다. 준비해!] 니들 밑구녕 도려 내고 싶지 않으면 삿쿠는 깨끗이 빨아서 써. 그래야 라 꾸엔이 되는 거야.

오또상의 목소리 잦아들며 조명도 어두워진다.
빈 무대에 외롭게 홀로 남은 한분이.

무대 밝아지면 프놈펜, 박재삼의 약재상 앞이다.
어리둥절하고 혼란스러운 한분이에게 서인경이 다가온다.

김아름 다 왔습니다!

서인경 할머니, 떨리시죠? 이제 곧 만나실 거예요.

한분이 정말 우리 금아가 맞아?… 금아?

서인경 금아 얼굴 조금은 기억나시죠? 만나보시면 알아보실 수 있을 거예요.

한분이 우리 동생이 여기서, 이렇게 먼 땅에서 살았더란 말이지? 금아…

문이 열리고 늙고 체구가 작은 렌 할머니가 메이린의 부축을
받으며 걸어 들어온다.

김아름 렌 할머니 오셨어요!
박재삼 자, 자! 렌 할머니 오십니다. 오시느라 고생들 했어요.
서인경 안녕하세요? 할머니.
김아름 릭 니에이 나에반 스꼬아.

아름이 서인경과 홍창현의 소개를 캄보디아어로 통역한다.

서인경 서울에서 온 서인경입니다.
김아름 꽛 찌읏싸 트라짜 서인경.
홍창현 홍창현입니다.
김아름 록 피디 홍창현. 꽛 먹삐 스타니 뚜러뚜르.
서인경 한분이 할머니세요.
메이린 찌도은! 떠오!
렌 쭙립 쑤어.
한분이 안녕… 하세… 요…
서인경 알아보시겠어요? 할머니?
박재삼 두 분 한 번 안아 보세요.

서로를 바라보는 한분이와 렌은 뭐라 말하지 못하고 다가가

서로를 부여안는다. 휘청거리는 렌, 박재삼이 한분이, 렌, 김
아름, 서인경을 내실로 안내한다.

박재삼 자, 자, 자 이 쪽으로.

김아름 쫌 아인 쯔잉 떠으 크눙. [안으로 들어가세요.]

서인경 할머니 두 분, 시간 좀 갖으셔야 될 거 같아요.

박재삼 말씀들 나누세요. 말은 안 통하겠지만…

2

박재삼의 약재상. 홍창현과 박재삼이 의자에 앉아있다.

박재삼 한국은 요즘 어때요? 내 가게에서 아주 역사적인 상봉이 이루어지는데…

홍창현 뉴스 보셨잖아요. 벌집 쑤셔댄 것처럼 여기저기서 난리죠.

박재삼 위안부 피해 할머니들이 하나 둘 돌아가시는 마당에… 이런 낭보가 있으면 대서특필하고 그래야하는 거 아닙니까?

홍창현 그래서 저희들이 확인하러 온 거 아닙니까?

박재삼 어이구, 이러다 나라 팔아먹게 생겼수다.

홍창현 뭐 협상이라는 게 철저한 거래니까요. 주는 만큼 받는 거고, 받을 게 있어야 주는 거고. 원래가 피도 눈물도 없는 거죠.

박재삼 미친놈들이지. 미친놈들! 나라 팔아먹을 놈들이라고. 할머니들은 쏙 빼놓고 말이야.

홍창현 (몹시 더워하며) 근데, 에어컨은 없나요?

박재삼 (천장 팬을 가리키며) 여기, 선풍기 돌잖아요.

홍창현 저거요? 저거뿐이에요? 아! 덥고, 습하고 아주 기운 쏙쏙 빠지네.

박재삼	여기 캄보디아에 좋은 약재 많아요. 진짜 악어 거시기.
홍창현	악어 거시기요?
박재삼	기운 펄펄 나. 어때? 한 번 드셔보시게?
홍창현	사장님 많이 드세요. 전 아직 괜찮아요.
박재삼	필요할 거 같은데…
홍창현	안사요.
박재삼	(돌아서며) 먹어도 쓸데가 없는 거겠지.
홍창현	예?
박재삼	진시황도 울고 갈 묘약인데… 쓸데가 없으면 백약이 무효지 뭐.
홍창현	그러니까 안사다구요!
박재삼	그래. 누가 뭐래나.

사이.

홍창현	(카메라를 만지고 찍은 사진을 확인하며) 서로 말도 안 통하실 텐데… 얘기가 길어지시네요.
박재삼	헤어진 세월이 얼마만인데 쏟아낼 얘기가 어디 한 두 마디겠습니까? 하루 이틀 아니, 보름을 같이해도 모자랄걸.
홍창현	그런데 박사장님은 어떻게 이 사연을 아시고 제보를 하게 된 겁니까?
박재삼	(반가워하며) 아, 그 얘기 왜 안 묻나 했소. (호들갑스레) 아이고, 내가 이거 쫓아다니느라고 장사도 못하고. 카메

라 안 찍어요?

(홍창현, 카메라를 켠다)
메이린!
(메이린을 불러 인사를 시키며)

메이린   네, 사장님!
홍창현   아- 역시 미인이야.
박재삼   이 친구가 메이린이에요. 메이린. 렌 할머니 손녀.
홍창현   쑤어 쓰데이! 릭 리에이 나에 반 스꼬아 메이린? [안녕! 메이린.]
메이린   쯥립 쑤어! 안녕하세요, 오빠.

메이린을 찍는 홍창현.

박재삼   어디서 그거 한 마디는 또 배워왔네? (웃음) 내가 경동시장에서 큰 약재상을 해서 약재 구하러 여기 자주 옵니다. 삼사 개월은 여기 있지요. 얘가 내 프놈펜 약재상에서 일하는 점원인데 자기 할머니 얘기를 하더라고. 찌도은!
메이린   찌도은! 할머니!
박재삼   캄보디아어로 할머니를 '찌도은'이라고 해요. 일본군이 동아시아를 점령한다면서 중국, 캄보디아, 남태평양까지 군인들 가는 곳마다 여자들 다 끌고 다녔잖아요.

메이린 할머니도 그렇게 된 거지. 그 일본군 장교 이름
이… 쓰… 쓰… 쓰…?

메이린 쓰노부? 쓰노부!

박재삼 아, 그래 쓰노부.

홍창현 쓰노부요?

박재삼 쓰노부는 이름이고 성이 있을 텐데, 할머니가 기억을
잘 못해요. 다반사인 일이지만 그 사람이 렌을 한 3년
인가 데리고 살다 말도 없이 가버렸대요. 렌은 일본
에 같이 따라 들어갈 줄 알았던 모양이야.

메이린 찌도은 러벗 크뉴 뺏 찌아 머늣 꾸어이 아오이 아넷.
[할머니 참 불쌍합니다.]

박재삼 자기 할머니가 참 불쌍하다는 거야… 이 사람들 참 가
엾게 살고 있어요. 헛간 같은 곳에서 여덟 식구가 메이
린이 벌어오는 돈으로 먹고 살죠. 메이린, 꿈 바럼 띠앗
에이! [메이린, 이제 걱정 마!]

메이린 쏨 어쿤. 고맙습니다.

박재삼 일이 잘 되었으니까 할머니랑 한국 가면 잘 살 수 있어!

메이린 한국?

홍창현 메이린이 한국에 가고 싶어 하나요?

박재삼 그렇죠 뭐. 이 나라 살기 힘든데다 한국은 동경의 대상
이잖아요. 케이팝이니 뭐니… (메이린에게) 케이팝!

메이린 케이팝

홍창현 그렇죠. 사실 전 렌 할머니 처음 뵙고 놀랐습니다. 외모
가 하도 이국적이어서요. (카메라 속의 렌 할머니를 살펴

보며) 딱 봐도 캄보디아 사람 같아서 말입니다.

박재삼 (기분이 상해) 아니 그럼, 우리가 거짓말을 하고 있다는 겁니까?

홍창현 그런 건 아니지만… 조선에서 나고 자랐는데 우리말을 하나도 못하시잖아요.

박재삼 그거야 워낙, 캄보디아에서만 70년이 넘게 살았어. 한국말 한마디도 못 듣고… 잊어버리는 게 당연한 거지.

홍창현 그래도 부모님 이름과 본인 이름까지 잊어버린다는 게… 난 좀…

박재삼 한금이라고 했어요. 한금이! 거 참…

메이린 한금이.

홍창현 한국서 오신 할머니가 찾는 동생은 한금 '아' 거든요.

박재삼 한금 '아' 나 한금 '이' 나. 하도 오래된 일이니 잊으신 거겠지.

사이. 기분 상해하는 박재삼.

어색한 사이.

홍창현 (메이린에게 카메라를 들이대며) 메이린, 책임져야할 식구가 여덟이나 되어서 힘들겠어요? 한국정부가 할머니한테 도움을 주면 가족들 생활이 좀 나아지겠네요.

박재삼 뭐요?

홍창현 아니, 우리나라 돈 한 10만원이면 이 사람들 한 달 먹고 살잖아요.

박재삼 지금 그러니까 렌하고 메이린을 의심하는 겁니까? 렌이 지금 한국정부에서 돈 뜯어내려고 이러는 것 같아?

홍창현 뭐 그렇게 흥분하실 일은 아니구요.

박재삼 어째? 이 사람이!

메이린 사장님!… 혈압! 혈압!

홍창현 먹고 사는 문제 앞에 못할 일이 뭡니까?

박재삼 이 사람이 말이면 다하는 줄 알아?

사이.

홍창현 (카메라를 들이대며) 메이린! 이 쪽으로.

박재삼 왜요? 뭐요? 왜? 거 어수선한데 카메라 좀 들이대지 마쇼. 무슨 영화를 찍나? 젠장할.

홍창현 많이 찍어 둬야 그 중에 한두 장면 건지는 겁니다.

박재삼 재주가 메주라 그렇겠지.

서인경이 방문을 열고 나온다.

홍창현 인터뷰는 다 끝났습니까?

박재삼 끝났으니 나왔겠지… 뭐 좋은 소식이 있습니까?

서인경 아. 그게… 생각보다 진척이 잘 안 되고 있어요.

박재삼 아니, 왜요?

서인경 렌 할머니, 아, 한금이 할머니가 많이 긴장을 하고 계시네요. 시간을 좀 더 갖고 진행해 봐야 될 거 같아요.

박재삼　그래요? 참… 별일이네. 메이린!

당황하는 박재삼, 메이린을 데리고 내실로 들어간다.

3

할머니와 일행을 밖으로 데리고 나오는 박재삼.
박재삼의 약재상. 한분이와 렌, 박재삼, 서인경, 홍창현, 메이린과 김아름이 있다. 홍창현, 인터뷰 사이사이. 카메라를 들이댄다. 때론 그의 행동이 거슬리기도 한다.
렌은 말은 못하고, 사람들 눈치만 살피고 있다.

박재삼 하… 참… (내실로 들어간다) 하하하… 렌? 찌도은?

메이린 찌도은? 크마 멘? 르컹? 타이 먼 니예이. [할머니? 왜 그래? 말해. 왜 말을 안 해?]

박재삼 평소 땐 안 그러신데… 오늘따라 긴장을 많이 하시네. 할머니, 찌도은? 렌!…

홍창현 사장님! 밖으로 나와서 진행 좀…

박재삼 우리 여기서 이러지 말고 너른 대로 나와서 편하게 회포나 좀 푸시죠. 이쪽으로 나오세요. 자, 다들 이리 나오세요. 힘드시죠?

메이린 (렌에게) 찌도은 먼뻬이 남바이 니엣. [할머니? 왜 말을 안 해?]

박재삼 자, 여기들 앉으세요.

홍창현 사장님! 나오세요. (카메라 화면 바깥으로 나오도록 손짓한다)

서인경 할머니, 할머니 끌려온 게 몇 살인지 알고 싶어서 그래요. 그래야 한국서 오신 할머니하고 자매간인지 알 수 있어요.

김아름 찌도은, **삘** 뿌어 아머누 아끄라엇 짭 여억 떠오 너오 츠 남 나, 뿌어 예잉 쩡 능. 에이쯤 하위 뜹 앞 능 타 찌도 은 다에 머억 삐 꼬레 찌아 멍 바온 멍까엇 르 엇. 찌도 은! 엇 에이 떼. 니 예이 먹.

힐끗 한분이를 쳐다보고 눈을 돌리는 렌.

메이린 찌도은! 트러오 따에 능. 브러슨 바어 먼 븜플르 떼… 먼 앞 떠오 꼬레 만라어. 찌도은 먼 앞 떠오 스록 껌나 엇 만 떼. [그걸 알아야한대. 그거 밝히지 못하면… 한 국 못 간대. 할머니 고향 못 간대.]

김아름 할머니, 그거 밝히지 못하면… 고향 못가.

렌 …

메이린 니예이 머억, 끄레인 쩡 떠오 스록 껌나엇 웽 머멘. 스 록 껌나엇! 고향! [말해. 고향 가고 싶다며. 고향!]

김아름 할머니 고향 가고 싶다며. 고향.

메이린 찌도은 아끄럭!

김아름 할머니 나빠!

렌 …

메이린 노어 **삘** 누 삘 나? 아웃 뿐 만? [그때가 언제야? 몇 살 이야?]

김아름 그때가 언제야? 몇 살이야?

렌, 마지못해 입을 연다.

렌　　(비참한 얼굴이 되어) 깔 너오 크멩. (메이린에게) 너오 크맹 찌응 짜으 클랑 나악. [어릴 때야. 너보다도 한참 어릴 때야.]

김아름　어릴 때 끌려왔다고 하세요. 메이린보다도 한참 어릴 때라고.

홍창현　정확한 나이는 모르시나?

메이린　(렌에게) 아웃 덥브람삐? [열일곱? 열다섯?]

김아름　열일곱?

메이린　아웃 덥브람?

김아름　열다섯?

메이린　(버럭 화를 내며) 반 하잇!

김아름　그만해!

메이린　아웃 덥브람? 아웃 덥브람무이?

김아름　열다섯? 열다섯 아니야?

렌　　먼둥… 따암 쩻 엥 쩟. [몰라… 니 마음대로 해.]

김아름　몰라. 니 마음대로 해!

사이.

메이린　틀럽 르 타 아웃 덥브람. 까 쩡 짱 러벗 찌도은 쨋 때 플레이 플레앙. [열다섯이라고 들었어요. 할머니 기억이 오락가락해요.]

김아름　열다섯이래요. 할머니 기억이 오락가락 하신다고.

홍창현　기억을 못하는 건지, 안하는 건지…

박재삼　당연하지! 얼마나 오래된 일인데!.

서인경　(홍창현에게) PD님, 카메라 없이 가 볼게요.

사이.

서인경　(렌에게 조심스럽게 다가가) 할머니, 저분이 언니가 맞는지 확인하려면 그때 나이를 알아야 해요. 한분이 할머니는 두 살 아래 동생이 있었어요.

한분이와 렌이 서로를 바라본다. 렌에게 통역을 하는 김아름.

김아름　찌도은… 트러오 따에 능 삐 아웃. 꺼엇 찌아 멍 스레이르 엇… 찌도은 한분이 쩡 러억 브온 끄라옴 아웃 삐 츠남. [나이를 알아야 해요. 저분이 언니가 맞는지… 한분이 할머니는 두 살 아래 동생을 찾고 있어요.]

렌　엇 덩 다에! 엇 짬 아웃 펑,

김아름　나이는 잘 생각 안 나신대요.

렌　노어 삘 다에 짬 여억 또어 덤봉 끄 엇 떠안 끄럽 왜이 머억 러도어 떼… 모이 츠냠 끄러아 뜹 짬 프다임 미안.

김아름　처음 끌려와선 생리가 없었는데… 1년 후부터 시작되었어.

홍창현　생리가 없었던 건 확실한지 한번 물어 봐.

김아름 머억 러도어… 이거 통역해요?

서인경 홍창현 피디님, 면담은 제가 합니다.

렌 엇덩 타 머억 러도어. 스만 타 짼 치암 더아 사 똠 웨어 러벗 뿌어 위어. [생리인 줄 몰랐어. 나쁜 짓을 해서 피가 나는 줄 알았지.]

김아름 생리인 줄도 몰랐어. 나쁜 짓을 많이 해서 피가 나는 줄 아셨다고.

박재삼 나쁜 놈들. 갈아먹어도 시원찮을 놈들. 여물지도 않은 애를 데려다가…

서인경 (한숨)

머리를 감싸는 서인경. 한숨을 쉰다.

박재삼 왜요? 난 도우려는 건데…

서인경 여물지도 않았다뇨. 지금 우린 사람 이야기를 하는 겁니다. 씨앗이나 나무 열매 이야기하는 게 아니구요… (짜증스러워) 안 되겠어요. 좀 더 내밀한 이야기를 해야 되니까 남자분들은 좀 빠져주세요.

박재삼 이해해요, 우리도 다 압니다.

서인경 뭘 다 아세요. 사장님이 할머니라면 남자들 앞에서 그런 얘기… 하고 싶으시겠어요?

박재삼 나 그냥 이렇게 잠자코 앉아있을 테니 계속하세요.

서인경 좀 나가 주세요. 피디님 부탁합니다.

박재삼 방해 안 한다니까.

홍창현   더운데 어딜 나갑니까? (박재삼에게) 사장님, 부탁 좀 드릴게요.

서인경, 한숨 쉬고 렌에게 돌아선다.

서인경   할머니, 고향 마을이 어땠는지 떠오르는 거 있으세요?

김아름   (렌에게 캄보디아어로 통역하며) 찌도은 쩟 스럭 껌너악 원? 미안 아왜 끌악? 미안 너악 크앙 아왜이 끌라 떼이? [할머니 고향이요? 뭐가 있었어요? 떠오르는 것, 생각나는 거요?]

렌   (한참 눈치를 보고 뜸을 드리다가) 사멋! 미안 사멋. 하위 미얀 롱 엄벌 띠앗. [바다! 바다 있었어. 소금을 만드는 염전.]

김아름   바다가 생각나신대요. 소금을 만드는 그… 그…

박재삼   염전!

서인경   염전? (한분이에게) 할머니 고향마을에 바다 있었어요? 소금 만드는 염전은요?

한분이   염… 염전? 그게… 있었던 것 같기도 하고.

서인경   그러니까 고향집 가까운 곳에 바다가 있었다는 거죠?

한분이   가까운 곳에? 그랬던 거 같기도 하고…

서인경   생각나는 지명이나 이름 있어요?

김아름   미은 너커인 츠무어 폼 나 나에 르 떼이.

박재삼   (끼어들며 렌에게) 소래! 소래라고 그랬잖아요. 할머니 고향. 인천에 있는 소래! 크레엥 브랍 크늄 타 소래, 찌아

스록 껌나엇 (러버어 찌도은?) [할머니 고향이 소래하고
나한테 그랬잖아요.]

홍창현 소래는 경기도 시흥이구요, 사장님 이리 나오세요.

박재삼 아, 경기도나 인천이나… 지금 행정구역 따지게 생겼
소? 그 쪽이 다 붙어있잖소 거참… 암튼 렌이 분명히
나한테 소래가 고향이라 그랬어요. 그렇죠? 렌, 스록
껌나엇, 소래!

렌 소래?… 응 소래. 소래!

박재삼 소래 맞다니까 그러네. 내가 낚시도 가봐서 잘 알아요.
인천 소래. 스록 껌나엇, 인천! 인천 소래!

렌 소래!… 인턴? 이턴? 먼 멘 인천 떼이! (손을 내저으며)
[인천은 아니야.]

김아름 박사장님은 고향 소래가 인천에 있는 거냐고 묻고요.
할머닌 소래는 맞는데, 인천은 처음 들어본대요. 아이,
뭔가 막… 뒤섞여서.

홍창현이 한분이를 돌아본다.
계면쩍게 시선을 외면하는 한분이.

서인경 잠깐만요! 잠깐 쉬었다 하죠.

김아름 할머니 조금만 쉬었다, 아니… (캄보디아말로 통역하며)
찌도은, 썸락 슨 따오 짬 니예이 뻬이 끄라우이. [할머
니, 조금 쉬었다 이야기해요.]

사이.

렌　　먼 슬랍 아잇 루어 반… 쩟 스럭 껌나웃 웨인? [죽지 못
　　　　해 살았어… 근데 고향은 찾아주는 거야?] (한분이를 보
　　　　며) 뭥스라이 트로어 엇? [언니가 맞는 거야?]

서인경　뭐라시는 거야?

김아름　죽지 못해 살았어, 고향은 찾아주는 거야? 언니가 맞는
　　　　거야?

모두의 시선이 한분이를 향한다.

박재삼　(한분이에게) 한분이 할머니! 처음에 딱 보시고 감이 왔
　　　　지요? 맞지요? 그렇지요?

한분이　…

홍창현　자꾸 강요하지 마시고요.

서인경　할머니 동생, 금아가 기다리던 사람이 있었어요… 일본
　　　　군 장교.

박재삼　그럼 메이린이 그 일본군 장교 손녀에요. 쓰노부.

서인경　할머니, 혹시 쓰노부라는 이름 기억나세요? 쓰노부.

한분이　그 사람이 아마 군의관이었던 거 같아.

박재삼　그럼 쓰노부가 의사였네요. 그렇죠 렌, 쓰노부가 의사
　　　　였어요? 끄로벳? 쓰노부 끄로벳, 의사?

한분이　그 사람이… 오… 오즈 야… 오즈야… 상.

서인경　(오즈야) … 혹시 오즈야마 아니에요? 오이즈미든지? 오

34

즈야라는 성은 없을 텐데.

한분이 오즈야… 오즈야마.

박재삼 그럼 오즈야마 쓰노부인 거네.

홍창현 사장님!

박재삼 렌은 뒤에 이름만 기억하고 쓰노부 쓰노부 했는데 그 앞에 성이 오즈야마인 거지. 그럼 아귀가 딱딱 들어맞 잖소.

렌 (뭔가 생각난 듯 중얼거린다) 쓰노부 아끄럭. 찌아 머놋 아 끄럭. 쓰노부 아끄럭. [쓰노부는 나빠. 나쁜 사람이야. 쓰노부는 나빠]

김아름 쓰노부는 나쁜 사람이야. 쓰노부는 정말 나빠!

서인경의 전화벨이 울린다.

서인경 네. 서인경입니다. (심각한 얼굴이 된다) 네, 지금 진행하 고 있어요. 두 분 인터뷰 중이에요… 네? 아… 그렇군 요… 할머니들께서 기대 많이 하고 계시는데… 확실한 건가요?… 네, 알겠습니다.

서인경, 전화를 끊고 난감한 얼굴이 된다.

박재삼 뭔데? 무슨 전화에요?

홍창현 검사결과가 나왔군요. 두 분 자매 사이가 아닌 거예요. 그렇죠?

서인경	…
박재삼	답답하게… 그래요? 서교수님, 이 사람 말이 사실이오?
서인경	다 들으셨잖아요.
홍창현	예, 딱 봐도 두 분 외모부터가 너무 달랐어요. 자매라고 보기에는…
박재삼	… 그쪽이 틀린 겁니다. 유전자 검사가 틀릴 수도 있지. 안 그래요?
홍창현	그럴 리는 없습니다.
박재삼	아, 그것도 인간이 하는 일이야!…
서인경	그럴 확률은 없다고 봐요. 누가 조작하거나 바꿔치기를 하지 않는 이상. 조사기관이 국과수거든요.
홍창현	자 그럼, 두 할머니는 과학적으로 완전히 남남인 거네요. 그렇죠?

사이.
고개를 끄덕이는 서인경.

박재삼	하, 기가 막히네. 기가 막혀!
홍창현	왜요?
박재삼	(말을 할수록 흥분하며) 내가, 메이린 얘가 우리 피가 흘러서… 내가, 남일 같지 않아서… 나라가 못하는 일을 내가… 애국한다 생각하고 기를 쓴 건데… 무슨 사기꾼 취급이나 하고.
홍창현	제가 뭘 또 그렇게?… 남남인 건 틀림없는 사실 아닙

니까?

박재삼 당신 말 대로면… 할머니도 사기꾼이고. 할머니 사연 제보한 나도 사기꾼이네. 볼일 다 끝났으면 다들 나가쇼. 여기 내 가게야. 나 이거 쫓아다닌다고 장사도 못했어. 안가?… 그래, 내가 나갈게!

박재삼, 화가 나서 나가버린다.
무슨 상황인지 모르고 당황하는 메이린.

메이린 어딜로 가요?… 사장님! 혈압! 아름? 만춉까 스와잉 러억 스럭 껌나엇 러벗 찌도은 하위 멘 떼이? [아름, 할머니 고향 찾기는 벌써 끝난 건가요? 안 좋은 소식인가요?]

김아름 할머니 고향 찾기는 벌써 끝난 거냐고? 안 좋은 소식이냐고 묻는대요.

난감해하는 서인경.
안 좋게 돌아가는 상황을 직감하고 예민한 반응을 보이는 렌.

렌 짬 찌도은 니예이 브랍. 마의 브랍 하위 쭈어 스와엥 럭 스럭 껌나엇 아오 멘떼? 메린? [내가 다 말할게. 내가 다 말하면 고향 찾아주는 거죠? 메이린 그런 거지?]

김아름 할머니가 다 말씀하신대요. 그러면 고향에 갈 수 있는 거냐구.

메이린 찌도은, 니예이 머억. [할머니가 말씀하신대요.]

주위 조금씩 어두워지며 렌에게 빛이 모아진다.
렌을 뚫어져라 응시하는 한분이

렌 쓰노부… 나에 싸 따에 께 떠웁 노어 띠닛… 브랍 타 아
오 노어 따에 삐 츠냠 떼 능 너암 따오 쯔뿌온 웬.
김아름 쓰노부… 그 사람 때문에 여기 남았어… 2년만 같이 살
다가 일본으로 가자고 해서.
렌 노츠넷 컴 따에 쯔 짜악. 웨어 끄버엇 뿌어 여응.
김아름 그래서 믿었는데, 우릴 배신했어.

렌, 서인경 앞에 무릎을 꿇으며.

렌 크늄 쩡 루어, 뚜어 바이 브라어 위티 나 꺼 더아오. 끄
트러오 따에 루어 아오 만. [그래서 일본 놈이지만 쓰노
부를 믿었어요. 그래서… 살려고.]
김아름 살고 싶으셨대요. 무슨 수를 써서라도 여기에 꼭 살아
남아야 했어요.

한분이, 렌에게로 다가온다.
렌의 손을 잡아 자기 가슴에 끌어와 안는 한분이.

한분이 그만… 그만! 이제 그만!… 그만해도 돼!

홍창현   (한분이에게 추궁하듯) 알고 계셨죠? 동생이 아니란 거 처음부터 알고 계셨던 거죠? 처음 만났을 때 바로 아신 거 아닌가요?

서인경   홍피디님, 왜 이래요 취조하듯이.

홍창현   지금 여기서 벌어지는 일에 서울에서도 관심이 많습니다. 할머니들의 만남이 눈물겨운 비극적 역사 때문이 아니라 한 탐욕스런 캄보디아 할머니의 자작극이라면 파장이 크겠죠?

서인경   탐욕이요? 여기 뭐가 탐욕이라는 거예요? 피디라 드라마틱한 픽션 좋아하는 건 알겠는데, 적어도 언론인이라면 정확한 언어로 상황을 전달해야죠?

홍창현   그게 여론입니다. 이 사건을 바라보는 한국 사람들의 시선이라구요.

서인경   글쎄요. 그건 홍피디의 편향된 시선이겠죠, 시청률만 생각하는.

짧은 사이.

한분이   거짓말 하는 거 같진 않아. 보니까 그래… 보니까…

한분이를 향하는 서인경의 시선. 어둠.

39

4

다음날, 밝아지면 프놈펜 거리의 누추한 한 여관 앞이다. 두 할머니와 일행들이 서 있다.

김아름 이건 사전에 약속된 게 아니잖아요. 꼭 이렇게까지 해야 증명이 되나요? 무슨 현장검증도 아니고.

서인경 자긴 자기 할 일만 하지. 통역만 해주면 돼!

김아름 우리만 보면 되잖아요. 왜 할머니들까지 모시고 와요? 자매가 아니라 그런 거예요?

서인경 아니… 그래, 다 의심하고 있어서야. 다! 렌 할머니가 한국 사람은 맞는지… 위안부 피해자인 건 맞는지. 유전자 검사 결과 하나로 모든 게 다 의심받고 있어. '캄보디아에도 한국인 위안부가 있다.' 이렇게 떠들어대던 언론이 이제 더 구미가 당기는 이슈를 하나 찾아낸 거지.

김아름 오, 지저스!

서인경 기자회견을 요구하고 있어. 렌 할머니가 거짓말을 한 건지 아닌지. 난 신뢰가 갈만한 답을 줘야하고.

사이.

박재삼　빨리 안 들어오고 뭐합니까? 빨리 현장을 봐야 안하겠습니까? 어서요!

서인경　예, 갑니다.

메이린이 렌을, 김아름이 한분이의 손을 잡고 여관으로 들어선다.

홍창현　조심하세요.

박재삼　자자, 여긴 꼭 보셔야 해요. 이거야 말로 산 교육인데… 캄보디아하면 그저 앙크로와트나 보려고 하지, 이런 곳이 있다고 생각들을 하나?

홍창현　이런 끔찍한 데를 오고 싶어 하겠어요? 불편하고 냄새나고 흉가 같은 데를.

박재삼　유태인들은 아우슈비츠를 전시관으로 만들어 세계인들에게 다 보여주는데… 우리나라도 그렇게 하면 좀 좋겠소?

홍창현　그렇겠죠. 조심하세요.

사이.

박재삼　자, 여기가 예전에 위안소로 쓰였던 여관이에요. 낡긴 했지만 가난한 사람들이 세도 얻어 살고 그랬대요. 이젠 흉물이 다 되어서 곧 헐릴 겁니다. 방송국에서 나왔다고 내가 사정을 하니까 보게 해주는 거예요.

홍창현   캄보디아어로 여길 부르는 말이 따로 있나요?

박재삼   그건 모르겠소. 그냥 일본인 유곽이라고만 했대요. 이
           곳 사람들은…

서인경   예전엔 라꾸엔이라 불렸어요.

홍창현   라꾸엔… 낙원이요?

서인경   파라다이스. 파렴치한 이름이죠. 피해자들에겐 생지옥
           이 군인들에겐 낙원이라니…

           흉물스러운 낡은 건물의 목조 다다미방의 내부가 보인다.

김아름   좀비 나오겠어요. 완전 헬이네 헬.

           렌 할머니가 몹시 불안해한다. 할머니를 달래는 메이린.

메이린   찌도은? 찌도은?

           앞서 가는 홍창현과 박재삼.

홍창현   전에 여기 와 보신 적은 없으시고요?

박재삼   (퉁명스레) 내가 뭐 할라고 여길 옵니까?

홍창현   현지에 능통하시니 하는 말이죠.

박재삼   꿈에라도 나올까 무섭수다.

           황망한 표정이 되는 한분이.

렌 할머니가 발을 헛디뎌 휘청한다.

김아름 (렌 할머니에게) 엇 에이 때? 찌도은! [괜찮으세요? 할머니!]

렌 스업! 스업! 스업! [싫어! 싫어! 싫어!]

불안한 눈빛의 렌,

한분이 여기가… 라꾸엔?

서인경 네, 할머니. 여기가 할머니가 붙잡혀있던 그 곳이에요.

한분이 다 무너져 없어진 줄 알았는데… 자취도 없이 깡그리. 왜 없어지지 않고 그대로 있어? 왜?

서인경 할머니, 여기 들어오시니까 뭔가 생각나지 않으세요? 할머니! (한분이 할머니의 손을 잡으며) 저 여기서 할머니가…

한분이 (낯설게) … 이거 놓으세요. 이거 놔.

서인경 할머니. 기억해 보세요… 여기서 할머니가…

한분이 이거 놔

서인경 할머니!

김아름 (심기가 불편해) 아, 진짜 할머니한테 왜 저래? 잔인하게!

박재삼 천하의 나쁜 놈들. 총칼 들고 복도에 딱 지키고 앉아서…

렌 꾸어 아오이 끌랏. 오또상. [정말 무섭다. 오또상.]

김아름 정말 무섭고 지독했어. 오또상.

박재삼 오또상, 아버지. 참 버러지 같은 놈들. 포주노릇이나 하면서 아버지라니…

홍창현 (메이린에게) 비키라고!

한분이 나갈래. 나가야겠어!

메이린이 기대고 있던 위안소 의자가 내려앉는다.
넘어지는 메이린.
다급히 나가려던 한분이가 주저앉는다.

박재삼 어이쿠, 괜찮아?

오또상 문은 잠겼다. 이년아! 시키는 대로 해. 유방을 만지게 두란 말이야. 다리를 넓게 벌려. 정성을 다하란 말이야. 그렇지. 군인들을 즐겁게 해드려! (비열한 웃음) 군진 다찌가키떼루. 준비시로!

한분이 오또상…

렌 반 하으이 춥! [그만해요. 그만!]… 크늄 꺼 찌아 머눗 다에. 찌아 머눗 더 옷 뿌어 아엥 다에. [나도 인간이야. 너희 놈들과 같은 인간!]

서인경 (김아름에게) 뭐라고 하시는 거야?

김아름 그만 하라고요! 그만! 나도 인간이야. 너희 놈들과 같은 사람!

렌 반 하으이 춥! [그만해요. 그만!]

한분이와 렌은 70년 전 위안소에 갇혀있기라도 하듯이 공포에 사로잡힌다. 멀리서 키득거리는 일본군들 소리와 위안부들의 비명이 섞여 들린다.

오또상   애인들이 온다! 서둘러! 삿사또 우고케! 오소이요 오소이! 군진다찌가키떼루. 준비시로!

한분이   군진 다찌가키떼루. 준비시로! 그 소리가 들리면… 지옥문이 열렸다… 지옥문이.

고통스러워하는 렌의 비명.
메이린이 걱정되어 다가가자 서인경이 이를 막는다.
서로를 바라보는 렌과 한분이, 이내 서로를 외면한다.

한분이   거기서… 거기서 처음 남자 몸을 알았어. 여자 형제만 있어서 한 번도 본 적이 없었어. 막무가내로 막 밀고 들어왔어. 바카야로! 바카야로! 욕을 하면서.

고통스러워하는 렌에게 메이린이 다가간다.

서인경   메이린! 그냥 둬.

렌   우사 선럽 나. 뿌어 위어 반 짝 아피안 조 또어 끄농 다이 여잉. 츠 끄베압 슬랍. 끄 바에 놋. 뿌어 뷔엣 찌엣 베이 싸잋!

김아름   자꾸 기절을 하니까 팔에다 아편을 놨어. 그럼 늘어진 몸에 올라타는 거야. 그놈들은 악마야!

서인경　메이린! 그냥 둬!!

렌　뚜어 바이 러엉 베압 늣 끄다이 따에 먼 앗 니예이 반.

김아름　그렇게 당한 걸 아무에게도 말을 못했어.

렌　능 섬랍 뿌어 녀웅 다오 끗 타 끄 찌아 스리아 빼샤 다에 따웅 뿍 아 쯔뿐 땅 늣…

김아름　전쟁이 끝나니까 여기 있는 사람들이 우릴 다 죽이려고 했어… 일본 놈한테 붙어먹은 갈보라고.

렌　찌아 스리아 빼샤 꼬레…

김아름　조선갈보.

서인경　홍피디님, 여기까지…

홍창현　쉿. (계속해서 렌을 촬영한다)

렌　(원망의 시선) 니악 먼 등 떼. 먼 다에 렁 그루어 먼 등 떼.

김아름　당해보지 않고는 몰라. 당신들은 모릅니다.

한분이　여기에 왜 우릴 데리고 왔어?… 왜?

렌　(분이 할머니에게 다가가며) 언니!… 언니!… 언니!

렌이 또렷하게 '언니'라고 발음하는 것을 듣고 서인경과 홍창현, 박재삼이 모여든다.

한분이　언니?…

서인경　(김아름에게) 언니가 무슨 뜻인지 아시냐고 물어봐.

김아름　(렌에게) 언니! 언니 민느이 타머잇 넝엇? [언니! 언니가 무슨 뜻인지 아세요?]

렌　언니! 언니!

렌 할머니가 다가오는데 한분이 할머니는 어찌할 바를 모른다.

메이린 할머니, 언니 알아. 찌도은, 꽈 찌읏 쫀 찌읏 꼬레. 할머
니 거짓말 안 해입니다. 할머니 거짓말 안 해, 정말요.

박재삼 (홍창현에게) 거짓말 안 합니다. 메이린도. 할머니도. 이
런 일로 어떻게 거짓말을 해?

사이.

홍창현 렌 할머니가 위안부였던 건 확실하군요.

박재삼 조선 사람인 것도 확실하지요. 언니라는 말을 기억하잖
아요!

사이.

홍창현 이걸로는 부족합니다… 안타깝지만, 세상은 좀 더 확실
한 증명을 원합니다.

어둠.

5

프놈펜 공항 귀빈실. 한분이, 홍창현, 서인경이 앉아 있다.
메이린, 렌을 부축하며 김아름의 안내를 받아 귀빈실로 들어
온다.

김아름 어머나, VIP ROOM은 또 처음이네요. 피디라고 특별
대우 해준 거예요?

홍창현 뭐 그런 게 있어. (메이린과 렌을 안내하며) 자, 여기로 앉
으세요.

홍창현, 귀빈실 문을 닫는다.

한분이 … 영 같이 갈 방법이 없는 거야? 그렇게 고향에 가고
싶다는데…

홍창현 쭙립 쑤어, 찌도은.

렌 쭙립 쑤어…

홍창현 안녕하세요? 할머니. 이거 익히는데 몇 초나 걸렸을 것
같아요?

김아름 그럼 피디님은 할머니하고 메이린이 거짓말을 하고 있
다고, 아직도 그렇게 생각해요?

홍창현 내가 그렇다는 게 아니라… 그만큼 빈약한 증거라는 거

야. 언니라는 단어 하나로 조선 사람이라고 보기에는…
할머니는 외모도 이국적이고, 기억도 오락가락하시고.

김아름 근데 그걸 왜 할머니가 증명해야 되냐구요!

서인경 여기까지가 우리가 할 수 있는 일입니다. 우린 렌 할머니가 한분이 할머니의 동생 금아인지 아닌지… 그걸 확인하려고 온 거니까. 캄보디아에서 우리 일정은 끝난 거예요. 여기서.

김아름 이렇게 돌아가 버리면 렌 할머니 어떻게 살아요?

서인경 한국에 할머니 가족이 있어서 생물학적으로 증명해 주지 않는 이상, 안 돼!

김아름 한국 사람이 아닌 위안부 피해자한테는 관심조차 기울일 필요가 없다는 건가요? 여기 있는 우리가 다 봤잖아요. 우리가 증인인데.

서인경 안타깝지만, 이게 우리 현실이야!

김아름 완전 얼음!

홍창현 너무 냉정하지?

김아름 You too!

서인경 뭐라고 해도 할 수 없어요. 도쿄에 가서 남은 일정을 마쳐야 돼.

서인경이 렌에게 다가가 손을 붙잡는다.

서인경 할머니, 저희는 돌아가요… 언제일지는 모르지만… 또 만나요. 프놈펜에서 한국 멀지 않으니까… 할머니, 건

강하세요.

렌은 무슨 의미인지 모르지만 고개를 연신 끄덕이며 인경의 손을 쓰다듬고 볼에 비빈다.

렌　　쏨 어쿤. 쏨 어쿤, 쏨 어쿤… [고마워요. 고마워. 고마워요.]

메이린　　(한국어로) 선생님. 할머니, 고향 가고 싶어… 죽으면 못가… 고향 가고 싶어. 고향! 한국, 정말요!

메이린과 포옹하는 서인경, 메이린은 어색해하고, 표정도 어둡다.

한분이　　메이린. (메이린이 오자 안아주는 한분이)

김아름　　뭐가 이렇게 복잡해? 비행기로 다섯 시간이면 갈 수 있는 고향인데… 이렇게 그냥 가버릴 거면 할머니 위안소에는 왜 데리고 간 건데요? 그냥 막 괴롭히려고 데리고 가셨나? 렌 할머니 버리고 간 일본군이랑 다를 게 하나도 없잖아요.

사이.

서인경　　모든 일에는 절차가 있으니까. 그냥 무턱대고는 안 돼. 위안부로 등록이 되어야 항공비라도 지원이 되고, 그래야 모셔갈 수 있어.

홍창현　그러니까 결국 돈이야, 돈. 자본주의에서는 봉사도 희생도 다 돈으로 하는 거니까.

서인경　당연하죠. 세상에 마음만 가지고 할 수 있는 일은 없어요. 단 한 가지도.

홍창현　네 맞습니다. 당연하죠. 충분히 이해합니다.

서인경　무슨 얘기가 하고 싶은 거죠?

홍창현　아닙니다. 제가 무슨… 충분히 이해한다니까요.

서인경　난 할머니들을 위해서 사명감을 갖고 일해요. 감상에 빠져 현실감각을 잃지는 않습니다. 누구처럼 시청률이나 올려보려고 진실을 과장하거나 호도하지 않아요.

홍창현　할머니들을 위해서, 할머니들을 위해서. 좀 식상하네요. 그렇게 할머니들을 위하면서 왜 렌 할머니는 일말의 망설임도 없이 버려두고 가는 겁니까?

서인경　홍피디가 무슨 자격으로 그런 말을 하죠? 할머니들 유전자 검사가 일치하지 않는다고 렌 할머니와 메이린을 거짓말쟁이 취급한 게 누군데요? 탐욕스런 사기극이라면서요?

홍창현　난 합리적인 의심을 한 것뿐입니다… 근데, 할머니들의 증언을 채록하는 이유가 뭡니까? 이 테마가 끌리는 진짜 이유가 뭐죠?

서인경　이건 성범죄예요. 일본이 저지른. 성폭력 사건이 일어났을 때 가해자가 순순히 인정하는 거 봤어요?… 피해자가 증명해내지 못하면 범죄 자체가 성립이 안 돼요.

　　　　그래서 증언이 필요한 거고.

홍창현　정말 그게 이유일까요? 아니죠. 이용할 만한 가치가 있으니까. 여성학자로서 탐나는 연구 과제니까. 그럴싸하게 포장했지만 결국 그거잖아요. 좀 솔직해 봅시다. 렌 할머니, 한분이 할머니의 비극이 논문 주제고, 다큐멘터리 소재예요, 일입니다. 돈벌이… 그러니까 돈이 끊기면 그대로 끝, 멈추는 거잖아요. 당신이나 나나 속물 아닙니까?

김아름　(당황하며) 왜들 이러세요. Calm down.

서인경　… 내가 내 영달을 위해 할머니들을 이용한다는 건가요?

홍창현　명패 앞에 무너지는 사람 많이 봤습니다. 처음부터 한분이 할머니의 캄보디아 방문에는 조건이 걸려 있었잖아요? 도쿄에서 증언을 해야 한다는 조건.

서인경　그건 내가 내세운 조건이 아닙니다. 비행기는, 숙소는, 그 모든 비용을 대는 단체에 난 책임을 느껴요. 내가 할머니를 통해 이익을 갈취한다구요? 내가요? 내가 무슨 일본군입니까?

홍창현　그렇게 감정적으로만 받아칠게 아니라… 구체적이어야죠. '사과하라' '사과하라! 구호만 외치고 있으니 뭐가 되나?

서인경　(손에 쥔 여권과 비행기표를 내던진다) 당신! 그런 구호라도 외쳐봤어?

김아름　여긴 남의 나라 공항이에요. 에티켓 지켜주세요.

서인경 … 난 수년간 할머니들을 만나고 그 고통을 함께 하고 있어요. 아픈 상처인줄 알면서도 집요하게 사건의 정황을 묻고 기록해야 했어요. 그게 증거니까.

홍창현 누가 뭐랍니까? 잘 하셨어요. 그런데 이젠 사과도 하고 배상도 했으니 다 끝났다 그러는 애들한테 뭐 어떡해야 합니까?

서인경 위안부피해자 문제의 해결이 돈 몇 푼의 협상물이라고 생각하세요? 할머니들이 왜 25년 동안 장기 집회를 하는 건데요? 할머니들이 원하는 건 국가적 범죄에 대한 법적책임을 지고, 진심어린 사과와 반성하라는 겁니다.

홍창현 진심? 참나. '찬란한 제국의 시절이 그립다' 이따위 책들이 쏟아져 나오고 있는 판국에. 일본이 준 돈으로 공부하고, 그들 입맛에 맞는 책 써내고, 교수자리까지 꿰차는 신친일파들이 차고 넘친다는 소리도 못 들어 봤습니까?

서인경 그러니까 기록해야죠. 기억하고 기록해서 다시는 이 잘못된 역사가 되풀이 되지 않도록 해야죠. 70년 전 위안소에 끌려갔던 소녀들이 이제는 90대예요. 자고 나면 한 분, 한 분 역사의 증인들이 무덤으로 가고 있는데… 그 70년 동안… 우린 아무것도 바꾸지 못 했어요. 우리에겐 시간이 없어요. 할머니들 생전에 한 분이라도 더 증언을 해야 하는 이유가 바로 이겁니다!

렌이 깜짝 놀라, 겁을 먹고 움츠러든다.

렌의 모습이 비굴하게까지 보일만큼 불쌍하다.
그 모습에 울화가 치미는 한분이.

렌 츠무어 러벗 크뉴 끄 한금이. 한금이… 츠무어 러벗 크
뉴 끄 한금이. 한금이… [내 이름은 한금이 입니다.]

사이.

한분이 다 집어 치워! 증언이고 나발이고… 다 때려 치워. 너희
도 우리를 깔보는 거 아니야. 그놈들 똥통만도 못하게
살았다고! 난 안 간다! 못 간다! 일본이고 미국이고 아
무 데도 안 가. 이 개만도 못한 종자들아! 이 염병할 것
들아!

렌 한금이! 한금이! 츠무어 러벗 크뉴 끄 한금이.

메이린 (렌을 부축하며) 찌도은! 반 하잇! 따오 따오! 따오 프떼아
영! [할머니! 그만해! 가자. 가요. 우리 집에 가요.]

렌 으 따오 프떼아 웬. 프떼아. (한국어로) 그래. 집에 가. 우
리 집에. 고향에 가고 싶어. 진짜 내 고향에…이 나라는
우리 고향하고 같은 게 하나도 없었어요. 산에 나무도
고향에서 보던 나무가 아니고, 들에 핀 꽃도, 짐승도 같
은 게 하나도 없었어요. 꼭 하나 닮은 게 하늘이야. 붉
게 물든 해질녘 하늘. 어릴 적 엄마 등에 업혀 올려보던
하늘… 들에서 일을 하다가도 해가 넘어갈 때 하늘을
보면 난 그냥 주저 앉았어… 그냥 가슴이 뜨거워지고

목이 메어서… 내 나라 말이 하고 싶은데 아는 거라곤 내 이름뿐이야… '츠무어 러벗 크늄 끄 한금이. 츠무어 러벗 크늄 끄 한금이.

메이린   찌도은… 따오 따오.

'츠무어 러벗 크늄 끄 한금이'를 중얼거리는 렌을 부축하고 메이린이 돌아서 간다.
메이린에게 따라가 몇 마디 인사를 전하는 김아름.
서인경, 엉망이 된 기분으로 의자에 앉는다. 홍창현은 사라져 가는 렌과 메이린의 뒷모습을 카메라에 담고 일행으로부터 떨어져 있다.

김아름   (혼잣말로) 리아 하으이 메이린! [잘가 메이린!] 메이린은 그래도 위안부 피해를 당한 자기 할머니를 찾아와준 게 고맙다고 하네요… 렌 할머니를 고향에 모셔가지도 못하는데…

사이.

서인경   그러니까 도쿄 가서 잘 해야 돼. 잘 해야 돼요. 할머니.

한분이   일본은 니들끼리 가라!… 난 안 간다! 저이는 끝내 고향 땅 못 밟고 죽을 거야… 아이고, 우라질 놈의 팔자… 안가! 못가!

서인경   증언을 듣겠다고 해놓고 번번이 취소되고 미뤄지고 했어요. 그나마 양심 있는 일본사람 몇몇이, 자기네 땅에서 할머니들의 목소리를 듣겠다고 마련한 자리예요.

한분이 거기 가서 뭐 좀 지껄인다고 뭐가 달라지나? 그놈들이 얼마나 무서운 놈들인데… 얼마나 교활한 놈들인데…

서인경 그러니까 해야 돼요. 꼭!… 할머니 동생 찾는 일도 포기하지 말아요, 네?

사이.

홍창현 (먼 곳을 바라보며) 안개가 점점 심해지는데… 갈 수 있으려나 모르겠네요.

사이.

김아름 쓰노부, 어떤 사람일까요? 렌 할머니하고 살았다는 그 일본군 장교 있잖아요. 그 사람 성만 알 수 있다면 혹시…

서인경 그러게. 그 사람이 할머니하고 캄보디아에 살았던 것만 밝혀지면 할머니 국적이며… 위안부 등록도 되고… 그 사람 실체만 파악되면…

김아름 (한분이에게 다가가 적극적으로) 할머니, 혹시 기억 안 나세요? 옛날 그 부대 사람들 중에… 일본군 장교.

한분이 몰라. 뭣 하러 그것들을 기억해? 그놈들을… 그 쳐죽일 놈들을…

서인경   할머니, 캄보디아 그 부대에 있었어요. 쓰노부 말이에요. 쓰노부!

카메라를 들고 성큼 성큼 다가오는 홍창현.
홍창현을 보고 움찔하는 한분이.

홍창현   (할머니에게 다가간다) 할머니, 죄송합니다.
한분이   뎃데이케! 바카야로!

휘청이는 한분이에게 들려오는 소리.

홍창현   할머니, 왜 그러세요…
한분이   군진 다찌가키떼루. 준비시로!!
홍창현   할머니 지금… 뭐라고 하셨어요?
한분이   오또상! 오또상! 다이조부데스까 다카하시상! 출격은 언제이십니까?
한분이   다카하시…
김아름   할머니!
한분이   다카하시 바카야로… 다카하시!
홍창현   저 조선놈이에요. 일본놈 아니에요, 할머니.
한분이   (홍창현을 다카하시로 보고) 찢어죽일 놈! 다카하시! 바카야로! 고노 바카! 다카하시! 다카하시!

어두워지는 무대, 한분이 할머니에게 모아지는 빛,

오또상　오소이! 하나코! 오소이! 군진 다찌가키떼루. 준비시로!
　　　　[서둘러! 하나코! 어서! 군인들이 온다. 준비해!]

　　　　금아의 모습 보인다.
　　　　붉은 무명 치마를 입고 슬픈 표정으로 노래를 흥얼거리고 있
　　　　다.

금아　오오키나… 쿠리노…키노시타데… 아나타또 와따시…
　　　　나까요꾸 아소비 마쇼 오늘이 그날이야. 오오키나 쿠리
　　　　노 키노시타데
한분이　금아… 우리 동생이 생생해. 금아.
금아　그 사람이 올 거야. 날 데리러 오기로 했어. 그 사람은
　　　　의사. 오즈야마! 오즈야마 쇼군!
한분이　금아가 기다리던 그 군의관… 오즈야마… 쇼군.
서인경　이름이… 기억나신 거예요?
한분이　그날 밤… 나도 오즈야마를… 만났었어. (혼란스러워 주
　　　　저앉는다) 다카하시… 다카… (공포로 움츠러든다)
서인경 · 김아롬　할머니? 할머니?
오또상　게으른 조쎈삐! 게으름을 피우면 저녁밥은 없다. 군진
　　　　다찌가키떼루. 준비시로!

　　　　군홧발 소리 들려온다. 무대가 공항에서 낙원 위안소의 작은
　　　　방으로 바뀐다. 한분이 불안해하며 쪼그려 앉은 채 바뀌는 무
　　　　대를 바라보고 있다. 작은 방 침대 밑에 숨듯이 쪼그리고 앉

은 꽃분이 보인다.

한분이 (혼잣말로 중얼거리며) 뭐하고 있어? 어서 도망쳐!

꽃분은 한분이를 느끼지 못한다.

한분이 (꽃분에게) 어서 도망치라니까. 시간이 없어. 그놈들이 올 거야.

듣지 못하는 꽃분, '삐익' 이음새가 안 맞는 낡은 나무문이 열리고
발자국 소리와 함께 다카하시가 들어선다.
꽃분은 흘끗 바라보고 몸을 바짝 더 숙인다.

한분이 어서 도망치라니까!… (외면하고 고개 숙이며) 바카야로!
다카하시 하나코?… 표를 받아야지?

다카하시, 꽃분에게 다가선다. 꽃분, 도망친다.
표를 쥐어주려는 다카하시와 뿌리치려는 꽃분 사이에 몸싸움이 이어진다. 다카하시, 거부하는 꽃분의 손에 빨간 표를 쥐어준다.

다카하시 하나코. 나 알지? 이 다카하시가 오사카에 있을 때, 한 여자를 알았지. 그 여자 이름도 하나코였어. 꽃처럼 예

쁜 사람. 내가 떠나올 때 날 위해 울어 줬는데… 울어
줘! 하나코! 울어달라니까!

꽃분은 바짝 얼어서 꼼짝 못한다.

다카하시 난 내일 타이완으로 떠나. 드디어 내 차례야… (불현듯
우울해져) 떠나면 죽게 될 거야. 날 위로해 줘, 하나코.
전쟁터에 오기 전 우린 같이 밤을 보냈어. (몸을 애무하
며) 하나코는 부드러운 살결을 가졌지. 몸에선 푸릇한
오이냄새가 났어. (자기 성기 쪽으로 꽃분의 얼굴을 가져다
대며) 핥아 줘. 그 밤처럼… 그 여자처럼… 하나코.

꽃분 (빠져나오며) 치워! 난 당신의 하나코가 아니야.

다카하시 아니, 넌 하나코야. 하나코. 날 만져 줘! 안아 줘. (꽃분
의 몸을 파고들며) 제발!… 난 내일 떠나면 언제 죽을지
몰라. 어서! 무서워서 그래. 하나코 어서!

꽃분, 다카하시의 품에서 도망친다.

꽃분 (비명) 싫어! 싫어!

다카하시 싫어? (꽃분에게 다가오며) 싫어? 천황폐하의 하사품 주
제에. … (비열하게) 하나코. 그러면 안 돼. 이 용맹한 독
코타이 군사에게 그런 말하면 안 되지.

꽃분 이러지 말아요. 이러지 마!

다카하시 천황폐하 만세! 대 일본제국 만세! 텐노헤이카 반자이!

다이 닛뽄 데이코쿠 반자이!

갑작스런 공습사이렌 소리가 들린다. 다카하시와 꽃분이 몸을 숙인다. 곧이어 폭격소리가 가까운 곳에서 들려온다. 귀를 막는 다카하시. 폭격소리가 들릴 때마다 짐승 같은 비명을 지른다. 공포에 질려 벌벌 떤다. 폭격소리 더 기승을 부린다. 폭격이 멈추고 잠잠해지자 다카하시, 엎드린 채 울먹이다 키득대며 웃기 시작한다.

다카하시 (광적인 웃음) 난 땅에서 죽지 않는다. 나는, 독코타이는… 하늘에서 죽을 거야. (어린아이처럼 운다) 그게 독코타이야. 독코타이.

한분이 죽는 게 무서워?

꽃분 죽는 게 무서워? 질질 짜지나 마. 난 차라리… 이렇게 사느니 차라리…

다카하시 (꽃분의 뺨을 때린다) 건방진 년.

다카하시, 울분이 폭발하여, 꽃분의 뺨을 때린다.

다카하시 죽고 싶다는 거냐? 감히 내 앞에서 죽음이 두렵지 않다는 거야?

한분이 너 같은 놈한테 치욕을 당하느니 죽는 게 낫지.

꽃분 차라리 날 죽여.

다카하시 좋아! 소원을 들어주지. 그래… 널 죽여주겠어. 더러운 조센삐!

꽃분의 옷을 찢고 등을 칼로 지그시 눌러 문신을 새기듯 그린다.
꽃분, 몸을 뒤틀며 비명을 지르는데, 입을 막는 다카하시.

꽃분 (신음소리) 음…

다카하시 움직이면 안 돼… 쉿! 그러면 안 돼. 니 안에 날 새기는 건데… (피가 흐르는 꽃분의 몸을 핥으며) 니 피는 아주 뜨겁고 아주 부드럽네. 나의 하나코… 하나코. 내가 뭐라고 새기는지 궁금하지 않아? 하나코! 키미와 와타시노 모노! [넌 내 거야 하나코!]

꽃분 그만해. 그만!

다카하시 가만있어! 움직이면 이 칼이 니 심장에 가 박힌다.

꽃분의 비명, 갑작스레 문이 확 열린다. 군의관 오즈야마가 서 있다.

오즈야마 다카하시!… 어서 나가!

다카하시 뭐야?

오즈야마 시간 다 됐어 다카하시. 이제 내 차례다. 당장 그 칼, 치우고 나가.

다카하시 못 치우겠다면요?

오즈야마 (성큼성큼 다가와 다카하시의 이마에 총구를 겨눈다) 하극상

인가? 네 놈 머리를 날려주지. 위안부들은 우리와 함께 이 험난한 전장에서 천황폐하의 임무를 수행하고 있다. 니가 죽여야 할 건 위안부 따위가 아니야. 대일본제국의 황군답게 행동해라 다카하시. (위협적으로) 어서 나가!

다카하시, 칼을 거두고 옷을 챙겨든다.

다카하시 오즈야마 쇼군. 난 당신 같은 사람들이 마음에 안 들어. 난 독코타이야. 비행기를 탄다고. 군의관 주제에… 당신이 대일본제국의 황군 운운할 자격이 있습니까? 사람을 죽여본 적이 있어? 그 총으로 누굴 쏴보기는 했냐구?

오즈야마 (방아쇠를 쟁인다) 이 총알이 네 머리를 관통하면 두 개골이 으깨지고 시뻘건 피와 허연 뇌수가 흘러넘친다는 건 알아.

사이.

다카하시 (물러서 걸어 나오며 꽃분에게) 오늘 운 좋은 줄 알아 조센삐야.

다카하시가 나간다. 오즈야마 총구를 거둔다.
잔뜩 겁을 먹은 꽃분.
오즈야마, 꽃분을 돌아보지 않고 돌아서 나가며, 붕대를 던져준다.

오즈야마 저 새끼 괴물이야. 사람을 괴롭히고 싶어 안달이 났지. 함부로 덤벼들다간 뼈도 못 추려. 힘들어도 죽지 않고 버티는 게 이기는 거다.

꽃분 오즈야마… 당신!… 정말 금아를… 아니 요시에를 데려 갈 건가요? 당신 집에 데려갈 거예요?

사이.
오즈야마, 흐릿한 미소를 남기고 나간다.
문이 닫히고, 발걸음 소리 멀어져 간다. 꽃분, 주저앉는다.

꽃분 웃었어… 그래 웃었어… 데려간다는 뜻이야. 금아! 그 래도 다행이다. 그렇지? 어쩌면, 어쩌면 니 말이 맞을 지도 몰라. 오즈야마가… 널 구하러 올지도…

꽃분과 한분이 닫힌 문을 바라본다.
꽃분을 비추던 조명 어두워지고, 무대는 다시 공항으로 바뀐 다.

한분이 그 사람이 날 구해줬어. 오즈야마 쇼군. 그 사람이 날 살렸어.

서인경 그럼 오즈야마가 할머니 동생을 데려갔을 수도 있겠어 요. (멋쩍게 서있는 홍창현에게) 다카하시 찾아 주세요. 오 즈야마 쇼군도.

홍창현 네?

서인경   혹시 일본에 살고 있는지, 피디님 능력 총 동원해서 찾
아주세요. 다카하시. 그리고 오즈야마 쇼군.

홍창현   할머니가 저를 일본놈으로 아시는데…

한분이   (홍창현에게) 그 사람이… 오즈야마 쇼군. 내 동생 찾는
것 좀 도와줘요.

서인경   부탁합니다.

김아름   부탁합니다.

홍창현   네, 알겠습니다. 쓰노부는 이름뿐이고, 다카하시는 성
뿐… 그리고 오즈야마 쇼군. 그래도 이쪽은 정보가 많
네요.

서인경   1943년에서 45년 사이 캄보디아 주둔 일본군 부대원들
을 조사하면, 어려운 일은 아닐 거예요.

홍창현   일본에 가면 뭔가 실마리가 보이겠군요.

조금씩 어두워지는 무대, '다카하시'와 '오즈야마', '쓰노부'
에 대해 이야기하는 홍창현과 서인경의 대화가 한분이에게
낯설고 폭력적으로 증폭되어 들려온다.

홍창현   (적어놓은 노트를 보면서) 정리해 봅시다. 캄보디아 주둔
일본군 부대 쓰노부라는 일본군 장교는 패전 후 렌과
함께 캄보디아에 머물렀어요.

서인경   다카하시 독코타이 소위, 1945년 프놈펜에서 근무.

홍창현   오즈야마 쇼군. 군의관. 1945년 프놈펜 근무.

서인경   쓰노부, 일본군 장교. 역시 1945년 캄보디아 프놈펜

근무.

홍창현   다카하시, 쓰노부, 오즈야마 이 세 사람은 모두 같은 부대 소속.

서인경   공군이었나요?

홍창현   일명 가미가제 부대. 태평양 전쟁 말기에는 공군은 물론 아무 비행경험이 없는 육군들도 차출되었습니다. 전쟁의 광기가 극에 달한 때였죠.

서인경   그 당시 동원된 군위안부가 최대 18만인데, 훗날 위안부피해자 등록을 한 경우는 240명이 채 안돼요. 반세기가 넘는 세월 동안, 위안부 피해를 입은 여성들은 죽는 날까지 혼자서 그 긴 고통을 안고 간 겁니다.

한분이   (몸서리치며) 듣기 싫어! 듣기 싫어!… 난 그저 내 동생이 보고 싶을 뿐이라구… 금아!

갑작스런 공습 사이렌 소리.

한분이   듣기 싫어! 듣기 싫어!…

그러나 소리는 더 커지고, 공습 사이렌 소리 들려온다.
'폭격이다! 폭격이다!' 하는 다급한 외침들이 들려온다.
무대는 공항에서 다시 위안소로 바뀌어간다.
과거로 들어가는 한분이.
위안소가 된 무대, 하나코의 방이 밝아져 온다. 찢긴 옷을 입은 채 침대에 쓰러져 있는 꽃분.

금아의 방이 밝아진다. 일본군 다카하시가 칼을 들고 금아를 위협하고 있다. 벽을 사이에 두고 꽃분, 옆방에서 들리는 소리에 집중하고 있다.

다카하시 니가 오즈야마 그 자식 거야?

금아 날 죽이면 가만두지 않을 걸. 그 사람은 너보다 계급이 높아.

다카하시 (웃음) 그 자식이 너한테 몹쓸 짓을 했구나. 머릿속에 똥을 잔뜩 채워놨어. 천황폐하의 명령이다. 더러운 조센삐 따위는 수백 명을 죽여도 된다. 이 버러지 같은 년. 시네! 시네!!

피를 흘리며 쓰러진 금아.

꽃분 밖에 누구 없어요? 사람이 죽어요! 어서 문 열어줘요. 문 열어! 문 열란 말이야!

금아 오… 오즈야마가… 온다고 했어. 그 사람이 날 데려가기로 했는데… (다카하시를 바라보며) 니가 다 망쳤어. 더러운… 놈!… 이 악마 같은 놈!

다카하시 어차피 넌 죽을 몸이었어… 너 같은 조센삐는 살 수 없어! 나도 죽을 건데… 너 따위가…

꽃분 오또상! 오또상! 문 열어! 내 동생이 죽어! 이 개자식들아!

다카하시, 피를 흘리는 금아를 보며 멍하니 서 있다.

공습 사이렌 소리 들린다. 발작적으로 귀를 막으며 떠는 다카하시.

다카하시 (중얼거린다) 일본이 아시아를 지배한다. 조선, 중국, 베트남, 캄보디아, 태평양 온 세계가 일본에 무릎 꿇고… 아아아아 용맹스럽게 죽으리. 텐노헤이카 반자이! 다이닛뽄 데이코쿠 반자이! [천황폐하 만세! 대 일본제국 만세!]

텐노헤이카 반자이(천황폐하 만세)를 중얼거리며 서둘러 도망치는 다카하시.

꽃분 금아… 금아! 정신 차려! 금아!

한분이, 쓰러진 금아를 안타깝게 바라본다.

금아 왜 안 왔을까? 정표로 이 사진도 줬는데… 오오키나 쿠리노 키노 시타데… 아나타또 와따시.

한분이 … 부르지 마! 아무것도 하지 마!

금아 … 나까요꾸 아소비마쇼… 그날 그 집에 가는 게 아니었어. 그치? 언니?

한분이 입을 틀어 막으며 오열한다.

무대 어두워지며 더 커진 폭격소리, 낯설게 서 있는 한분이,
금아와 꽃분이가 사라진다.

한분이   그날 밤새도록 폭격이 있었어. 그날로 전쟁이 끝난 거
였는데…

꽃분이 폭격으로 엉망이 된 모습으로 절룩이며 뛰어간다.

한분이   난… 살려고 달리기만 했어. 나무가 빽빽한 숲으로 숨
어들어서 내쳐 달리고 또 달리고. 무조건 배가 닿는 항
구로 뛴 거야… 금아랑 같이…

곧 쓰러질 듯한 꽃분이 미친 듯이 중얼거리며 걷는 모습이
보인다.
달리려고 해도 기운이 없어 걸을 수밖에 없다.

꽃분   (마치 곁에 금아가 있어 같이 걷고 있는 것처럼) 금아, 조금
만 가면 된다. 포기하면 안 돼!… 갈 수 있어. 우리 집에
갈 수 있어.

꽃분이 걸음을 서둘러 무대 밖으로 나간다.

한분이   난 금아가 살아있는 줄 알았습니다.… 내내

사이.

김아름과 서인경, 홍창현이 무대로 들어온다.

김아름　할머니 동생분… 결국엔 거기서 돌아가신 거군요.

사이.

서인경　금아를 찾진 못하셨지만 기억을 찾으셨네요. 다행이야.
더 이상 헤매지 않으셔도 되니까… 여기 온 보람이 있
는 거야.

안개로 비행기가 연착한다는 방송이 들린다.

안내방송　(캄보디아어 음향) 승객여러분, 죄송한 안내 말씀드리겠
습니다. 지금 기상 악화로 인해 모든 항공의 운항이 지
연되고 있습니다.
홍창현　이거 비행기 못 뜬다는 소리야?
김아름　네, 항공운항이 모두 지연되고 있대요.
홍창현　젠장 안개가 갈 길을 막네!

사이.

서인경　걷히겠죠… 언젠간!

6

도쿄 외곽의 인쇄물 보급소. 윤전기 돌아가는 소리 들리고, 작업 중인 오즈야마 사사키의 모습이 보인다. 인쇄소 안으로 불쑥 들어서는 홍창현.

홍창현 (인사를 꾸벅하며) 하지메마시떼. [처음 뵙겠습니다.] 드디어 문을 여셨네요.

홍창현의 등장에 불편해하는 사사키.

사사키 정말 끈질긴 분이시네요.
홍창현 밤새 기다렸습니다. 날씨가 추운 겨울이었으면 아마 신문에 났을 겁니다.
사사키 난이요? [뭐라구요?]
홍창현 40대 한국인 동사, 이렇게 말입니다… 아, 농담입니다.

사사키, 윤전기를 끄고 돌아온다.

홍창현 제 명함입니다.
사사키 마음이 바뀌었다는 데도 기어이 오셨네요. 스토커도 아니고… 생리현상도 참으면서 말입니다. 노상방뇨는 경

범죄로 처벌 받지요.

홍창현   아이고, 죄송합니다. 자리를 뜰 수도 없는데 워낙 급해
서 말이죠. 정중히 사과드리겠습니다.

사이.

사사키   제가 할 일이 많으니 빨리 끝내주시기 바랍니다.

홍창현   알겠습니다. 부친 되시는 오즈야마 쇼군에 대해 질문을
좀 하겠습니다. 태평양 전쟁 때 캄보디아의 프놈펜에서
군의관으로 근무하셨죠?

사사키   네, 그러셨다고 들었습니다.

홍창현   요시에라고, 열네 살에 일본군 위안부로 끌려간 한금아
라는 조선 소녀가 있었습니다. 아버님께서 근무하시던
바로 그 부대에 있었죠.

사사키   아, 소우 데스까? [아, 그렇습니까?]

홍창현   예. 불행하게도 한금아는… 패전의 목전에서 일본군에
의해 무참히 살해되었습니다. 그 소녀가 죽어갈 때 손
에 사진 한 장을 쥐고 있었답니다. 오즈야마 쇼군, 부친
의 사진입니다. 아마도 정표였던 모양입니다.

사사키   정표… 정표라구요?

홍창현   그런 말씀을 전혀 듣지 못하셨나요? 요시에는 아버님
의 정인이었습니다.

사사키   하… 정인이요?… 그것도 조선인 위안부하고? 그렇게
터무니없는 말씀을 하셔도 되는 건가요?

홍창현　그 분의 언니 한분이 씨가 증언했습니다.

사사키　난 그런 얘기를 한 번도 듣지 못했어요.

홍창현　예… 그럼 일단 약속하신 그 사진을 보여주시겠습니까?

사사키　에… 전화를 받고 가족들과 의논을 했는데… 한국 사람들은 일본에 대해 반감이 많다고 걱정 했습니다. 가뜩이나 요즘 한국 정국이 혼란스럽다는데 문제가 되지 않겠냐고.

홍창현　염려는 감사합니다만 저는 한분이 할머니의 잃어버린 기억을 찾아드리려고 왔을 뿐입니다. 동생분의 죽음도 최근에야 확인하셨거든요. 부탁드리겠습니다.

사이.

사사키　그럼, 약속대로 사진은 보여드리지요.

홍창현　감사합니다! 아리가또고자이마스! [고맙습니다.] (봉투 안의 사진을 꺼내보며) 근데 다른 사진은 없나요?

사사키　전쟁 때 사진은 그것뿐입니다.

홍창현　예, 알겠습니다. 오래된 사진인데 보관을 참 잘하셨네요. 아버님이 인상이 참 좋으십니다.

사사키　성품이 온화한 분이셨어요. 작은 외과의원을 하셨는데 30년 동안 늘 그만그만했습니다… 아버님은 평판이 좋은 의사였어요. 어려운 사람에게는 진료비를 받지 않기도 했습니다. 아, 특히 조선 사람들한테는요.

홍창현   아, 그러셨군요. 조선 사람들에게 특별히 친절하셨던
다른 이유라도 있었을까요? 그러니까… 어떤 미안함이
라든지…

사사키   전쟁은 이미 70년 전에 끝났어요. 한국 사람들은 아직
도 과거에 얽매여 살고 있군요. 우린 협상을 통해 사과
도 했고, 배상도 다 끝냈는데 왜 약속을 안 지키는 건
지. 일본사람들은 약속을 아주 중요하게 생각합니다.

홍창현   애초부터 잘못된 약속이라면 지킬 이유가 없겠죠. 진심
어린 사과에 '최종적, 불가역적' 뭐, 이런 조건이 붙지
는 않을 테니까요.

사사키   그럼, 그… 국가 간의 약속이 아무 것도 아니란 말이네
요?

홍창현   사과를 하는 방식이 너무 치사하지 않습니까? 당사자
들은 철저히 배제시키고.

사사키   한국정부가… 에 또네… [아, 그러니까…] 아! 협정서에
조인을 한 것 아닌가요?

홍창현   그러니까요. 그래서 저도 정말 열불이 납니다.

사사키가 홍창현의 사진을 빼앗듯이 치운다.

사사키   나한테 왜 이러시는지 모르겠군요. 아버지는 그저 군의
관이었을 뿐입니다.

홍창현   물론이죠. 근데 혹시 전쟁 때 위안소에서 군의관들이
했던 일에 대해 아시나요?

사사키　군의관이라면 그야 당연히 군인들하고 위안부들의 건
　　　강을 살폈겠지요.

홍창현　그렇죠… 군인들이 성병에 걸리지 않도록, 위안부들이
　　　보다 많은 군인들을 받을 수 있도록. 때론 아편도 주사
　　　하고, 606 주사도 놓고. 마취도 없이 임산부의 배를…

사사키　지금, 무슨 말이 하고 싶은 건가요?

홍창현　아, 오해는 마십쇼. 제가 오즈야마상이나 사사키상을
　　　비난할 의도는 없습니다. 모두 국가가 한 일이니까요.

사사키　일본 사람들도 전쟁에서 많이 죽었어요. 군인들뿐만 아
　　　니라 민간인들도 많이 죽었지요. 히로시마와 나가사키
　　　는 원자폭탄으로 폐허가 됐고, 그 후손들까지 대를 이
　　　어 고통 받고 있지만, 우리 일본 사람들은 절대로 징징
　　　대지 않습니다. 쏘레가 니혼진 데스. [그게 바로 일본인
　　　이지요.]

홍창현　징징댄다구요?… 징징… 전쟁 때 위안부들이 무슨 짓
　　　을 당했는지 아시죠? 그런 일이 인간이 인간에게 저지
　　　를 수 있는 일이라고 생각하십니까?

사사키　식민지 소녀들의 비극은 저도 참 안타까워요. 하지만
　　　전쟁 중엔 그런 일도 어쩔 수 없는 선택이었다고 생각
　　　합니다.

홍창현　어쩔 수 없는 선택이라구요? 선택?… 이럴 때는 참 야
　　　비한 말이네요.

사사키　그만 돌아가세요.

사사키, 윤전기의 전원을 다시 켠다.

홍창현   도쿄에 일본군 위안부 피해 자료들을 전시하는 박물관이 있습니다. 오늘 거기서 요시에의 언니 한분이 씨가 위안부 피해 증언을 합니다. 한번 만나보시겠습니까?

사사키   아뇨. 저는 만날 이유가 없는 것 같습니다.

홍창현   역시 그러시겠죠.

사사키   홍창현 센세이. 제가 오늘 일을 후회하게 되진 않겠죠?

홍창현   (만면의 미소를 띤 채) 걱정 마십쇼. 반드시 진실만을 보도하겠습니다. (걷다가 멈춰서) 아, 때로는 그 진실이 누군가에게는 꽤나 불편한 일이기도 하지요.

불안한 기색으로 서 있는 사사키.
윤전기 소리 들리며 사사키의 모습 가려지면 강연장의 소음이 들려온다. 서인경과 한분의 모습이 보인다.

한분이   오즈야마를 찾았어? 정말로?

서인경   아니요. 그 사람 아들이요. 사사키라고. 오즈야마는 이미 10년 전에 저 세상 사람이 되었어요.

한분이   (충격으로) 죽었어?… 죽었다고?

서인경   네. 죽었어요.

한분이, 멍한 표정.
강연 준비가 되어 안내 방송이 흐른다.

의자를 준비하고 자리로 할머니를 안내하는 서인경.

사회자   (일본어) 위안부 피해 증언을 하러 한국에서 오신 한분
이 할머니입니다.

7

한분이 할머니가 단상에 선다. 기자들이 사진을 찍는 소리, 그리고 박수 소리 들린다.

한분이 나보고 자꾸 여기 와서 얘기를 하라 그러는데… 나는 할 말이 없기도 하고 또… 많기도 합니다. 저기 저 사진들 보니까 다 늙어 쭈그렁망태기들이 되었네. 애기 때들 끌려갔었는데… 70년이 다 되니 태반은 죽었을 테고, 아마 제대로 눈 못 감았을 겁니다. 거기에 끌려가기 한 해전, 이웃에 일본사람이 이사를 왔어요. 그 집엔 벼라 별 것들이 넘쳐났지요. 센베, 요깡, 도라야끼… 흔하디흔해서 땅에 떨어진 게 있어도 줍지도 않았어. 오오키나 쿠리노 키노 시타데… 그 집에서 축음기 소리가 들리면 (내 동생) 금아하고 난 아주 홀려 버렸어요. 노래소리가 너무 고와서… 다른 세상이 있었지. 겨우 벽 하나 사이에…

그날도 노랫소리가 나데. 문 앞에 서 있는데 주인이 나오더니 손짓하면서 들어오라고… 직접 축음기를 틀어보게도 했어요. 그리고는 돈 많이 버는 데를 소개해 주겠다고 사탕발림 같은 말을 했습니다. 겁도 났지만 점잖아 보이는 데다 우리 금아하고 같이 가도 된다니까.

그래서 이 바보가… 동생 손을 꼬옥 잡고… 거길 갔습니다. 그 끔찍한 데를.

사이.
청중을 둘러보는 한분이.

한분이 나도 당신들처럼 행복하기 위해 태어났어요. 우리 아버지는 나더러 꽃보다 이쁘게 살라고 꽃분이라는 이름도 지어줬습니다… 당신들 일본군의 밑씻개로, 공중변소로 쓰라고 태어난 게 아니란 말입니다.

돌아서서 윗옷을 반쯤 내린다. 등에 선명한 문신 자국이 보인다.

한분이 열일곱 내 몸에 일본군이 낸 흉터입니다. 칼로 생살을 찢어 문신을 새겼어요. 이(내) 몸이 도화지인양 아무렇게나 욕지거리를 써댔습니다. 난 평생 목욕탕에 가지 못 했어요. 누구한테도 이 몸을 보여주지 못했습니다. (숨을 고르며) 밤마다 이 몸이 뒤틀리면 묻습니다. 왜 그렇게 당해야 했느냐고. 내가 왜요?…
여기 오기 전에 캄보디아에 갔습니다. 동생인 줄 알고 찾으러 갔는데, 아니었어요. (목이 메어) 근데, 금아가 나를 용서해줄라나 모르겠어요. 용서해줄라나? 용서해주고는 싶은데, 용서해주고는 싶은데 어떻게 해야 용서

79

할 수 있을지 모르겠다고 할까나? 그리 패악을 떤 일본
은 어쩔거나? 그 죗값을 다 갚지 못할 이 나라를 어떻
게 할까나?

(한분이 눈앞에 금아를 보는 듯) 미안하다. 금아야… 미안
해… (가슴을 치며) 미안하다… 금아야. 미안해. 미안합
니다, 금아. 미안합니다, 금아. 미안합니다, 금아! 미안
합니다! 미안해… 금아야!… 금아야? 미안해! 미안해!
금아! 미안하다. 미안해! 금아!… (자신을 향한, 금아를 향
한 사과의 손짓 서서히 몸 전체로, 점점 격렬해진다. 제의적
인 느낌이 차오른다)

어둠.

한국 희곡 명작선 05

하나코

초판 1쇄 인쇄일   2019년 1월 16일
초판 1쇄 발행일   2019년 1월 25일

지 은 이   김민정
만 든 이   이정옥
만 든 곳   평민사
           서울시 은평구 수색로 340 [202호]
           전화: (02) 375-8571(代)
           팩스: (02) 375-8573
           http://blog.naver.com/pyung1976
           이메일 pyung1976@naver.com
등록번호   제251-2015-000102호
 정 가   6,000원

※ 이 책은 사단법인 한국극작가협회가 한국문화예술위
   2019년 제2회 극작엑스포 지원금을 받아 출간하였습니다.